한국 희곡 명작선 146

달과 골짜기

한국 희곡 명작선 146

달과 골짜기

박지선

평민사

곽지선

달과 골짜기

등장인물

소녀
오라비
김정옥
신은호
최미자
변영훈
변학선
임세혁
박상일
마을 사람들

때

1950년

곳

통영

프롤로그

겨울 산.

메마른 삭풍.

선지피 번지는 노을.

크나큰 늙은 나무 한 그루.

손을 쳐들고

기도하는 듯 갈구하는 듯하다.

늙은 나무에 묶여 있는 무언가.

어렴풋이 드러나는 형체.

얼어붙은 소녀,

놓지 않으려는 듯

꽁꽁 싸맨 작은 아이를 품에 안고 있다.

이미 숨을 거둔 소녀,

삭정이인 듯

늙은 나무와 한 몸 같다.

멀찍이 바라보고 있는 청년,

얼마나 오래 그 자리에 있었을까.
살았는지 얼었는지 한참 미동도 않다가

오라비   또 깜깜해지는데 우짜노.
배곯은 개들이 몰려들 낀데.
실성한 눈까리들.
니를 지킬 수 있을까.

봄 올 때까지
뿌리 내릴 때까지
지켜 주기로 캤는데.

니 언제 썩을 기고?
이래 생생해선 내삐고 못 가잖아.
죽어서도 오라비 생각은 안 하네.

마른 가지를 스치는 바람 소리.
기갈 든 개들의 울음소리.

그라이 내 뭐라 캤노?
그리워하지 말라 캤제.
그런 건 산 아래 사람들 일이라꼬.

오라비, 여남은 솔가지에 간신히 불을 붙인다.

개들의 울음소리. 점점 가까워진다.

오라비 몰려오네. 골짜기에서 그래 배를 불리고도. ……오늘밤
도 길겠다.

오라비, 힘겹게 일어선다.

개들의 울음소리가 들리는 쪽으로 불을 치켜든다.

1장

여름.

골짜기.

까마귀 울음.

파헤쳐진 구덕.

드러난 주검들.

한 소녀, 주검들을 살피고 있다.

열두 살의 소녀, 꾀죄죄한 옷차림에 추레한 몰골이다.

소 리   어디 갔었노? 한참 찾았다이가.

열다섯 살의 오라비, 헐레벌떡 뛰어온다.

오라비   여 오면 안 된다꼬 몇 번 말했노. 사람들한테 들키면 우짤
라꼬.

소녀, 발로 주검들을 헤치며 뒤진다.

소 녀   오빠야, 니랑 내는 사람이가 짐승이가? 사람 무서워하는

건 짐승밖에 없다. 우리 짐승이가?

오라비 사람 무서워하는 건 사람이지. 산 아래에서 총 쏘고 난리 난 거 모르나. 여 이 사람들 죽은 거 안 보이나. 사람들한 테 절대로 들키면 안 된다.

소 녀 다다다다다! 그기 총이가? 억수로 쎈가 보지. 얼굴이 마 팍 날아갔다.

오라비 뭐라 카노. 다시는 여 올 생각 마라.

소녀, 허리춤에서 피 묻은 인형 베개를 꺼낸다.
인형 베개의 얼굴은 검댕으로 어지럽게 그려져 있다.

소 녀 쪼깨난 아가 요거 안고 있대. 내가 얼굴 다시 만들어 줬다. 우리하고 똑같구로.

오라비 우리가 이래 생깄나.

소 녀 니는 내 보고 내는 니 보면 알지.

소녀, 어느 주검에서 피가 말라붙은 치마를 풀어서
자기 몸에 대 본다.

오라비 내삐라.

소 녀 왜? 이쁘기만 하고만.

오라비 피 칠갑을 하고선.

오라비, 치마를 뺏어 멀리 던진다.

소 녀　내 꺼다! 내 꺼라꼬!

오라비　한 번만 더 여 와 봐라. 니도 마 여 갖다버릴 끼다.

소녀, 웅크려 앉는다.

엄지손가락을 빨기 시작한다.

오라비　일나라.

소 녀　(집요하게 엄지손가락을 빤다.)

오라비　사람들 오겠다. 빨리 가자. 내가 깨끗한 거 구해 주께.

소 녀　은제?

오라비　나중에.

소 녀　나중에 은제? 맨날 나중에 나중에.

오라비　하얀 걸로 꼭 구해 주께.

소 녀　니가 우째? 이 산 구석에서 우째? 산 아래에 내려가면 있을 낀데, 억수로 많을 낀데. 지금 갖고 온나.

오라비　산 아래 같은 거 그리워 말라 캤제.

소 녀　와? 뭐 때매?

오라비　(울먹이는 소녀를 보다가) 미안하다. 내가 잘못했다. 울지 마라. 아부지가 그랬다아이가. 울면 얼굴 다 흘러내린다꼬. 눈물길 따라 아부지 얼굴처럼 흘러내린다꼬. 아부지 노래 불러 주까?

조심스레 주위를 살핀 뒤 노래한다.

하늘 계신 님은
온갖 기쁨 모다 세상 만들고요

하늘 계신 님은
온갖 슬픔 모다 나를 만들고요

뚝뚝 빗방울 내리신다고
이내 발가락 뚝

똑똑 첫새벽 두드리신다고
이내 손가락 똑

밤새 이내 눈물방울
뚝 뚝 뚝

하루 내내 빗방울
똑 똑 똑

소녀, 오라비 옆에 누워서 엄지손가락을 빨고 있다.

오라비   가는 길에 아부지 무덤 들렀다 가까?

소　녀　있잖아, 꿩도 다람쥐도 엄마 있는데 내는 왜 없노?

오라비　없긴? 저기 큰 나무가 우리 엄마 아이가. 엄마는 나무 됐다. 우리 숨카 주고 멕이 주고 따시게 해 줄라꼬.

소　녀　피, 거짓말! 니는 아무 것도 모른다. 나는 봤다, 엄마. 아부지 살았을 때 깜깜한 밤중에 억수로 추운 밤에 엄마 왔었다. 자고 있었는데 누가 꼭 안아 췄다 아이가. 엄마 맞다. 아부지는 내 안아 준 적 없잖아. 엄마는 억수로 찼다. 꽁꽁 언 거맨치로. 눈 뜨면 또 내삘까 봐 살짝 몰래 봤다. (비밀을 말하듯) 근데 엄마는…… 얼굴이 읎다. 저기 죽은 여자 비나? 알라 꼭 안고 죽은 여자 있잖아. 저 여자도 얼굴이 읎다. 저 여자도 엄마인 거라. 엄마라는 건 얼굴이 읎는 거다. 아부지랑 오빠야는 엄마가 나무 됐다캤제. 순 거짓말. 나무도 얼굴은 없지만 엄마는 아니다. 엄마는 얼굴이 없고 자기 알라를 안아 줘야 된다. 안 놓치게 꼭.

소녀, 아기를 안고 죽은 여자를 바라보다가
문득 죽은 여자의 품을 비집고 들어가 안긴다.

오라비　니 뭐 하노?

소　녀　(죽은 여자의 품에 안겨) 참네. 엄마라는 거는 얼굴이 없는 거다. 알라를 안아 주는 거다. 억수로 참은 거다.

그때 골짜기를 내려오는 사람들 소리가 들린다.

오라비   누가 온다. 빨리 일로 온나. 빨리!

소녀, 주검의 품에서 빠져나오려 허둥지둥한다.
오라비도 소녀를 돕지만 쉽지 않다.
사람들 소리 점점 다가온다.

오라비   안 되겠다. 고마 죽은 척해라.
소 녀   뭐라꼬?
오라비   꼼짝하지 말고 죽은 척해라꼬. 안 그라믄 니 진짜 죽는다.
          나는 저서 보고 있으께. 알았제?

오라비, 가까운 숲속으로 사라지고
소녀, 죽은 척한다.

소 리   다 왔습니다. 여기예요.

날아오르는 까마귀 떼 소리.
마을 사람들, 수풀 사이로 나타난다.
마을 사람들, 골짜기의 광경을 보고 주저앉는다.

마을사람1   아이고, 어무이! 불효한 자식 인자 왔습니더. 보도연맹이
          고 나발이고 저거 마음대로 가입시키드이 저거 마음대로
          끌고 가고 죽이뿌고. 죄 진 게 없으이 별 일 없을 끼다 캤

는데 우째 사람이 이럴 수 있습니까!

기도하던 신은호, 일어선다.

신은호 어르신, 평생 이 한이 풀리겠습니까만 오늘은 고정하십시 오. 경찰이고 방첩대고 눈에 불을 켜고 있습니다. 들키면 또 불바다를 만들 겁니다. 식솔들 시신이라도 빨리 수습 해야 하지 않겠습니까.

마을사람1 전도사도 눈 있으면 똑바로 보소. 이게 하늘 뜻이오?

마을사람2 형님, 전도사님이 뭔 죄입니까. 소식 듣고 여까지 달려 와 줬다 아입니까. 빨갱이로 몰릴까 봐 다 나 몰라라 하 는 판에.

마을사람3 산짐승이 헤쳐 놓은 것 좀 보소. 짐승이고 사람이고 다 헤 까닥했어요. 얼른 시신부터 모십시다. (울음을 삼키며) 내 새 끼, 묘라도 써야 할 것 아닙니까.

마을 사람들, 주검을 살펴본다.
신은호, 아기와 소녀를 안은 여자의 주검을 본다.

신은호 주님, 죄 없는 어린 양들을 부디 천국으로 인도해 주십시 오. 주님의 품에서 영원한 안식을 누리게 해 주십시오. (소 녀를 보고) 어, 애! 여기, 아이가 살아 있어요. 애, 괜찮니? 주 님, 감사합니다!

마을 사람들, 주검의 품에서 소녀를 빼낸다.

신은호   어디 보자. 다친 덴 없니?

마을사람3 괜찮은 거 같네예. 참말로 하느님이 도우셨구만.

마을사람1 에미가 저 지경이 되도록 새끼 품고 있었구마. 작은 건 내
          삐고 갈 수가 없어서 데려가꼬, 큰 건 살아 보라꼬 냅두고
          가고. 아이고, 불쌍해서 우짜노.

마을사람2 근데 누구 집 앤데요? 처음 보는데. 야, 니 이름 뭐꼬?

소 녀   (사람들 얼굴만 쳐다본다.)

신은호   많이 무섭구나? 그래, 너무너무 무섭고 슬프고. 괜찮아. 우
          리 무서운 사람 아니야. 널 도와주려는 거야. 집이 어디
          야? 아빠는? 친척 없어?

소 녀   (계속 사람들 얼굴만 쳐다본다.)

마을사람3 얼마 전에 고개 너머 이사 온 집 아닌가 싶네예. 남편 없이
          여자 혼자 산다던데. 왕래도 없고.

마을사람1 그 집 아이인가 보구만.

신은호   충격이 컸나 봅니다. 얼른 여기서 데려가야겠어요.

마을사람2 그라믄 전도사님 먼저 내려가이소. 여긴 저희가 알아서
          하겠습니다.

신은호   아무래도 그래야겠습니다. 부디 조심하세요. 낌새가 안 좋
          으면 일단 피하셔야 합니다. (소녀에게) 얼른 아저씨랑 내려
          가자.

소녀, 신은호의 손에 이끌려 걸어가다가 문득 뒤돌아본다.
숲속 어딘가에 숨어서 지켜볼 오라비를 찾는 것이다.

신은호 걱정 말구. 엄마랑 동생은 아저씨들이 잘 묻어 줄 거야. 나중에 엄마 동생 보러 다시 오자. 지금은 엄마도 네가 내려가길 바랄 거야. 얼른 가자. 여긴 너무 위험해. 어서.

소녀, 계속 숲속을 바라보다가 신은호를 따라 내려간다.

2장

교회 사택.
신은호의 아내 김정옥, 풍금을 연주하고 있다.
새하얀 원피스, 새하얀 단목 양말, 새하얀 머리끈……
온통 새하얀 것들을 둘렀다.

신은호 여보, 뭐라고 말 좀 해 봐.

김정옥 전도사님이 벌써 다 결정했잖아요. 여기까지 데려오고선
내 말이 뭐가 중요해요.

신은호 (아내의 배를 쓰다듬으며) 미안. 우리 아기 생각해서 화 풀어.

김정옥 우리 아기 생각해서 안 된다는 거예요. 골짜기에서 데려
왔다면서요. 누가 알게 되면 어쩌려고 그래요. 잘못하면
우리까지 위험해요.

신은호 당신 설마 쟤가 빨갱이라고 생각하는 건 아니지?

김정옥 내 생각이 뭐가 중요해요. 세상이 그렇다는 거예요. 미안
해요. 불안해서 그래요. 그냥 서울에 계속 있을걸. 피난 온
다고 시골까지 내려왔는데 여긴 전쟁터도 아닌데 더 무섭
고 불안해요. 그리고 그 애. 왠지 눈빛이 마음에 걸려요.

신은호 너무 참혹한 일을 겪어서 그럴 거야. 여보, 난 주님이 우리

를 여기로 부르신 이유가 있다고 생각해. 그게 저 아이야. 엄마도 잃고 오갈 데 없는 애야. 충격으로 기억도 다 잃었어. 주님께서 인도한 어린 양을 다시 절벽으로 내몰 순 없잖아. 정 싫으면 서울로 돌아갈 때까지만 돌봐주자. 당신 몸도 힘든데 집안일도 돕고 교회 일도 도우면 좋잖아. 어때, 좋지? 주님의 뜻이니 감사한 마음으로 섬기자.

김정옥 전도사님을 누가 말리겠어요.

신은호 고마워. 따뜻하게 맞아 주자. 알았지?

신은호, 나간다.
김정옥, 창밖을 바라보며 배를 쓰다듬는다.

김정옥 (배 속의 아기에게) 우리 아기 일어났니? 뭐 해? 놀고 있어? 엄마랑 좀 있다 산보 가자. 맑은 공기 많이 마셔서 우리 아기 건강하고 튼튼하게 낳아야지. 우리 아기, 엄마가 많이 많이 사랑해. 이 세상 끝까지 엄마가 지켜 줄 거야.

소녀, 들어오다가 김정옥이 태담을 하는 모습을 본다.
창문으로 쏟아지는 햇살에 김정옥은 후광에 싸인 듯하다.
소녀, 피 묻은 옷은 갈아입었지만 여전히 지저분한 몰골이다.

신은호 (뒤따라 들어와 소녀에게) 인사해. 전도사님 부인이야.

소녀, 눈을 내리깔고 있다.

신은호 "안녕하세요?" 해야지.

소 녀 (계속 쳐다보지 않는다.)

김정옥 전도사님께 얘기 들었어. 만나서 반가워. 나 좀 봐 봐. 왜, 부끄러워?

소 녀 안 봐도 뻔하다.

김정옥 뭐가?

소 녀 내가 우째 보일지.

김정옥 어떻게 보일 거 같은데?

소 녀 못생기고 추접고…….

김정옥 아닌데. 내 눈 봐 봐.

소녀, 똑바로 쳐다보지 못하고 눈을 깜박인다.

김정옥 눈에 뭐가 들어갔나. 어디 보자.

김정옥, 소녀의 눈에 입으로 후 바람을 불어 준다.

김정옥 어때, 괜찮아?

신은호 자, 기도하자. 아까 전도사님이 가르쳐 줬지? 눈 감고. (기도하며) 하늘에 계신 우리 아버지, 오늘 주님의 길 잃은 어린 양이…….

소녀, 눈을 떠서 김정옥의 얼굴을 뚫어져라 쳐다본다.
기도가 끝나가는 듯하자 얼른 다시 눈 감는다.

신은호　아멘.

김정옥　아멘. (눈을 뜨고) 우선 좀 닦자. 얼굴이 이게 뭐야.

김정옥, 새하얀 손수건으로 소녀의 얼굴을 닦아 준다.
김정옥, 거울을 가져와 소녀의 얼굴을 비춰 준다.

김정옥　집에 거울이 없었나 보다. 잘 봐. 이게 너야.

소　녀　(선뜻 못 쳐다본다.)

김정옥　봐. 네가 얼마나 예쁜지.

소녀, 천천히 눈을 들어 거울을 본다.

김정옥　씻고 나면 천사인 줄 알겠다. 전도사님, 우리 예쁜 아가씨
　　　　　이름이 뭐라고 했죠?

신은호　(작게) 기억을 못하는 것 같아. 일단 우리가 하나 지어 주면
　　　　　어떨까?

김정옥　그래요. 음, 선희 어때요?

신은호　좋은데. (소녀에게) 어때, 선희?

소　녀　(거울에서 눈을 떼지 못한다.)

신은호　앞으로 선희라고 부른다. 좋지? 선희야, 우린 예배 준비

좀 하고 올게.

김정옥과 신은호, 나가려는데

소 녀　(김정옥에게) 내는 뭐라 부르꼬?

김정옥　글쎄, 사모님은 너무 그렇고 아줌마, 이모, 언니, 아기 엄마…….

소 녀　엄마?

김정옥　그건 좀…….

신은호　(김정옥을 껴안으며) 잠시만인데 어때. 엄마가 얼마나 생각나겠어.

김정옥　(소녀에게) 좋아. 대신 착한 소녀가 돼야 해.

소 녀　착한 소녀?

김정옥　그래, 착한 소녀.

소 녀　착한 소녀가 되면 엄마 될 끼가?

김정옥　"엄마가 될 거예요?" 그래야지.

소 녀　착한 소녀가 되면 엄마가 될 거예요?

김정옥　그렇지, 금세 착한 소녀가 됐네.

김정옥과 신은호, 나간다.

소녀, 벽에 걸린 사진으로 다가간다.

김정옥의 결혼 사진이다.

사진 속의 김정옥, 면사포에 새하얀 한복을 입고 환하게 웃고 있다.

소 녀   (사진 속 김정옥에게) 엄마!

내 이럴 줄 알았다.

엄마 산 아래에 있을 줄 알았다.

엄마 왔다 간 뒤로 지금까지

한참 찾았는데 산엔 없었다이가.

여태까지 여서 내 기다리고 있었제.

엄마라는 건 얼굴이 없는 긴데

우째 얼굴이 났노.

나비맨치로 허물 벗은 거가?

날개맨키로 얼굴이 난 거가?

하얗고 고운 내 엄마.

엄마가 내 허물 벗겨 줬다.

후 불어 줘서 그렇다.

아직 멀었다.

내 얼굴 봐라.

얼마나 허물 벗어야 엄마맨치로

하얗고 고운 얼굴이 나겠노.

엄마, 다시는 내 내삐고 가지 마라. 알았제?

엄마라는 거는 알라를 꼭 안아 주는 거잖아.

왜 날 내삐고 갔는데.

마 괜찮다.

인자는 내가 엄마 안 놓칠 끼다.

꼭 붙잡을 끼다.

하얗고 고운 내 엄마…….

소녀, 사진 속 김정옥의 얼굴을 쓰다듬는다.

3장

여름 저녁.

변학선의 집.

정원이 있는 일본식 가옥이다.

정원이 보이는 넓은 다다미방에선 연회 준비가 한창이다.

신은호와 김정옥, 정원을 둘러보다 마루로 올라선다.

김정옥 시골에 이런 집이 다 있네요?

신은호 (작게) 일제 때 포목점 하던 다케시라는 놈이 지었지. 말이
포목점이지. 땅이란 땅은 죄다 빼돌려서 조선인 등골 빼
먹은 악질이었대. 이 집이 다 그 사람들 피눈물이야.

김정옥 다시 우리나라 사람이 주인이 됐으니 잘됐네요.

신은호 글쎄. 다케시 비서가 해방되면서 사라졌다가 미군 따라
돌아와선 그대로 들어앉았다지.

김정옥 비서요?

신은호 쉿!

변학선, 연회 준비를 살피며 들어온다.

변학선 아이고, 전도사님 오셨습니까?

신은호 면장님, 오랜만에 뵙겠습니다. (김정옥을 소개하며) 제 처입니다.

변학선 처음 뵙지예. 변학선이라고 합니다. 몸도 무거우신데 이누추한 곳까지 와 주셔서 얼마나 감사한지.

김정옥 별 말씀을요. 어려운 때인데 성심껏 도와야지요.

변학선 아이구야, 양악을 하셔서 그런지 말씀도 물이 다릅니다. 암요. 억수로 어려운 때지요. (작게) 들으셨지요? 보도연맹 얘기.

신은호 네. 우리 군인 경찰이 어떻게 이럴 수 있습니까.

변학선 예? 작전 수행한 거 갖꼬 전도사님 이상하게 말씀하십니다.

신은호 작전 수행이라니요. 아무 죄 없는 양민들을 어떻게 그렇게 무참하게…….

변학선 어, 전도사님 인자 보니까…….

김정옥, 끼어들어 마루 한쪽에 있는 피아노를 가리킨다.

김정옥 저기 피아노가 있네요?

변학선 예, 진짜 어렵게 빌렸습니다. 그만큼 오늘 자리가 중요하다는 말입니다.

김정옥 중대장님도 오신다고요?

변학선 네. 같이 밥도 먹고 술도 먹고 해야 친해질 거 아입니꺼.

27

(김정옥에게) 오늘 각별히 신경 써서 연주 부탁드립니다.

중대장 임세혁과 소대장 박상일, 들어온다.

변학선 아이고, 저기 오시네요. 중대장님, 오셨습니까. 이래 모시게 돼서 영광입니다. 진즉에 모셔서 노고에 감사드렸어야 했는데 인사가 늦었습니다. 면장 변학선입니다.

박상일 우리 군을 대신해서 열렬한 환대에 감사드립니다.

변학선 감사라니요. 불철주야 조국의 안위를 위해 애쓰시는데 제가 오히려 감사하지요. 자자, 목부터 축이지요. 제가 한 잔 올리겠습니다.

변학선, 임세혁의 잔에 술을 따르려고 한다.

박상일 저희 중대장님은 술을 안 드십니다.

변학선 그렇습니까. 그럼 다들 앞에 있는 빈 꼬뿌라도 들고 환영하는 의미로다가 건배!

모두 잔을 든다.
임세혁, 뒤늦게 잔을 든다.

변학선 건배!

모두들 건배!

임세혁, 잔을 내려놓고 담배를 꺼내 문다.

변학선   오늘같이 좋은 날 음악이 있어야 하지 않겠습니까. 중대
　　　　　장님을 위해 특별히 준비했습니다. 후스마!

　　　　　다다미방들을 가른 미닫이문 후스마가 차례로 열린다.
　　　　　피아노 연주가 시작된다.
　　　　　마지막 미닫이문이 열리자
　　　　　소녀가 보인다.
　　　　　새하얀 달빛, 새하얀 원피스, 새하얀 소녀.
　　　　　나무처럼 하늘을 향해 두 팔을 벌리고 노래한다.

소 녀   밤은 길을 여네 달빛에
　　　　　지친 나그네여 어서 오라
　　　　　이 길 끝 내게
　　　　　두 팔 벌려 안아 주리니

　　　　　달빛
　　　　　너는 기쁨인가
　　　　　슬픔인가
　　　　　묻노라

　　　　　밤은 눈을 감네 달빛에

지친 나그네여 어서 가라
이 길 끝 네게
어둠이 너를 쉬게 하리

달빛
너는 기쁨인가
슬픔인가
하노라

임세혁, 눈을 감고 귀 기울인다.
연주가 끝나자 변학선, 브라보를 외치며 박수친다.
덩달아 모두 일어나 박수를 친다.
소녀, 임세혁에게 다가가 꽃다발을 내민다.

소 녀　　중대장님, 환영합니다! 우리를 지켜 주셔서 감사드립니다.

임세혁　　고맙다. 너 이름이 뭐니?

소 녀　　선희요.

임세혁　　선희. 그래, 선희는 정말 노래를 잘하는구나. 이렇게 멋진
　　　　　　선물을 받았으니 나도 선물을 주고 싶은데 소원을 말해
　　　　　　보렴.

소 녀　　정말요?

임세혁　　그럼. 뭐든 말해 봐.

소 녀　　지금은 생각이 안 나는데 나중에 생각나면 말씀드려도

돼요?

임세혁 그래.

소 녀 약속 지키실 거죠? 약속!

소녀, 임세혁과 새끼손가락을 걸고 약속한다.

신은호 선희는 이제 엄마랑 집에 가 있어.

소 녀 아빠, 선희는 배고픈데.

변학선 아이고, 내 정신 좀 봐라. 시장하실 텐데 어서 드이소. 중
대장님, 요 생간 좀 잡숴 보이소.

임세혁 (변학선이 생간을 입에 넣어 주려 하자) 저는 눈이 있는 건 못
먹습니다.

변학선 예? 여 눈이 어디 있습니까? (선희를 보고) 와, 쟈는 억수로
잘 먹네.

김정옥 선희야!

소 녀 (허겁지겁 생간을 먹다가 손으로 입을 훔친다.)

박상일 제가 중대장님을 대신해 한 말씀 올릴까 합니다. 우리 군
은 전력을 다하여 이 지역 일대를 정화하고 있습니다. 앞
으로 우리 군의 대대적인 좌익분자 소탕 작전에 적극 협
조해 주시기 바랍니다.

변학선 협조뿐이겠습니까. 앞장서야지요. 그런 뜻으로다가 다 같
이 뜻을 모아 감빠이!

왁자지껄 술잔이 오가던 중

박상일, 갑자기 일어나 미닫이문 하나를 발로 찬다.

문 뒤에서 훔쳐보다가 쓰러지는 소년.

변학선 놀라시게 해서 죄송합니다. 마 제 아들놈입니다. (변영훈에게) 뭐 하노, 빨리 인사드리라.

변영훈 (꾸벅 인사한다.)

변학선 뭐라꼬 말을 해라. 말을.

변영훈 ……안녕하십니까.

변학선 방에 꼼짝 말고 있어라캤더니 와 들락거리노.

변영훈 노래가 들려서요.

변학선 니 때매 분위기 이거 우짤 끼고. 그래, 마 니도 노래 하나 해라.

변영훈 (어쩔 줄 모르며) 아부지…….

변학선 안 되면 춤이라도 추든지. 빨리 안 하고 뭐 하노.

변영훈, 마지못해 춤을 춘다.

변학선, 보자기에 싼 물건을 임세혁에게 내민다.

변학선 (임세혁에게) 마 그냥 제 작은 성의입니다. 받아 주이소. 진짜 어렵게 손에 넣었는데 오늘 임자를 만난 것 같습니다.

박상일, 보자기를 받아 임세혁에게 전한다.

임세혁, 보자기를 풀어 보니 일본도다.

임세혁, 일본도를 훑어보고는 자리에서 일어선다.

임세혁이 박상일에게 눈짓하자

박상일, 변영훈을 임세혁 앞에 무릎 꿇게 한다.

임세혁, 의식을 치르듯 변영훈의 목을 내리치려는 시늉을 한다.

변영훈의 바짓가랑이에서 오줌이 흘러내린다.

변학선 그래도 이놈이 웃음을 주네요. 에라이, 이놈아! 냄새 난다.
마 꺼지라 얼른.

변영훈, 마당으로 내려간다.

소녀, 뒤따라간다.

변영훈, 마당 한구석에 주저앉아 훌쩍인다.

소녀, 노래를 흥얼거린다.

변영훈 니가 불렀나? 아까 그 노래.

소 녀 어. 왜?

변영훈 고와서.

소 녀 곱다꼬? (웃으며) 니 몇 살이고?

변영훈 열세 살.

소 녀 내보다 나이 많네. 안 되겠다. 친구할라 캤더니.

변영훈 친구해도 된다.

소 녀 진짜? 그라믄 니 교회 올래? 성탄절에 교회에서 성극 하는데 마리아는 있는데 요셉이 없다. 니가 요셉 해라.

변영훈　요셉?

소　녀　어. 마리아 남편. 마리아는 내고. 우리 둘이 부부 아이가. 마리아가 아 낳으면 셋이 같이 도망친다. 억수로 무서운 헤롯 왕이 애들 다 죽이거든. 할 꺼제?

변영훈　내가 잘하겠나.

소　녀　교회 종 치면 얼른 온나. 교회 종 울리면 니 오는 줄 알고 기다리께. 알았제?

변영훈　응. (품에서 초콜릿을 꺼내서) 먹을래?

소　녀　이런 거 말고 비린 거 없나? 생간 같은 거.

변영훈　식모한테 갖고 오라고 하까?

소　녀　우리 엄마가 못 먹게 할 거다.

변영훈　내 방 가서 몰래 먹을래?

소　녀　그래, 어른들은 아무것도 모를 거다.

변영훈　맞다. 근데 니 이름 뭔데?

소　녀　선희. 니는?

변영훈　영훈이다. 변영훈.

소녀, 영훈에게 손을 내민다.

둘은 손을 잡고 영훈의 방으로 간다.

4장

늦가을 오후.

막 태어난 아기 울음소리.

교회 사택. 김정옥이 산후조리 중인 방이다.

소녀, 열린 문 사이로 김정옥과 신은호를 엿보고 있다.

신은호, 출산한 김정옥의 젖몸살을 풀어 주고 있다.

김정옥　아, 젖몸살이 이렇게 아픈 건 줄 몰랐어요. 유선이 뚫려야 첫젖이 나올 텐데. (아기를 꼭 안으며) 우리 아기 배고파서 어떡해.

김정옥, 엿보던 소녀와 눈이 마주치자 놀란다.

김정옥　너 거기서 뭐 해?

소　녀　알라가 울어서요. 어디 아픈가 하고.

신은호　아기가 배고파서 그래.

김정옥　넌 신경 쓰지 말고 올라가. (아기에게 젖을 물리며) 우리 아기, 다시 먹어 보자. 이제는 나오나.

소　녀　나도 배고픈데. 엄마, 선희도 젖 주세요. 아빠도 주고 아기도 주는데 선희는 왜 안 줘요? 선희는 한 번도 엄마 젖 못 먹어 봤는데. 엄마는 알라한테 젖 주는 거잖아요. 엄마, 선희도 젖 줘요.

신은호   젖은 아기가 먹는 거야. 아빠는 엄마 젖몸살 풀어 주느라 그런 거고.

소녀, 김정옥 곁에 바싹 붙어서 젖 먹이는 모습을 지켜본다.

소 녀   선희도 갖고 싶다, 젖. 따시고 말랑말랑하고 부드러울 것 같은데 우짜면 갖지?

김정옥   너도 있어. 좀 더 크면 커질 거야. 아기 가지면 훨씬 커지고. 아기를 배불리 먹여야 하니까.

소 녀   알라를 가진다고요?

김정옥   여자는 때가 되면 몸에 아기를 가질 수 있어.

소 녀   알라를 가질 수 있다고요? 어떻게요?

신은호   엄마랑 아빠가 서로 사랑하면. 좀 더 크면 알게 돼.

노크 소리.

목소리   사모님, 조씨 아줌마 오셨는데요.

김정옥   네. (신은호에게) 젖몸살 잘 푼대서 불렀어요.

신은호   선희야, 잠시만 아기 좀 보고 있어. 엄마 데려다 주고 올게.

김정옥   (소녀에게) 너 절대로 아기 안으면 안 돼. 아기 떨어뜨리면

정말 큰일 나. 너 손도 안 씻었지? 더럽잖아. 그 손으로 절대 아기 만지면 안 돼. 알았니?

김정옥과 신은호, 나간다.

소　녀　(아기를 빤히 보다가) 나도 안다. 니 나오기 싫었제? 얼굴도 없는 엄마 같은 거 안 보고 싶었을 거다. (비밀을 말하듯) 근데 잘됐제. 엄마 얼굴이 새로 났다. 그래도 엄마한테 막 매달리고 비비고 그라믄 안 된다. 얼굴이 댕강 날아간단 말이야. (아기의 냄새를 맡으며) 으, 비린내! 맛있겠다. 두고 봐라. 내 젖 다 익으면 아무도 안 줄 끼다. 다들 먹고 싶다꼬 사정하겠제. 그래도 안 줄 끼다. 젖을 마 뚝뚝 흘리면서 약 올려야지. "내를 엄마라꼬 불러. 그럼 내 알라니까 엄마가 젖 주지." (아기에게) 엄마는 왜 똥만 싸는 니는 주고 나는 안 주노.

소녀, 아기를 안고 젖내를 맡는다.
아기, 울음을 터트린다.
김정옥, 방으로 들어와 그 모습을 보고 소리친다.

김정옥　선희야!

소녀, 아기를 품에 꼭 안는다.

5장

늦가을 밤.

교회 사택 2층에 있는 소녀의 방.

어둠 속에서 잠든 소녀를 부르는 목소리.

소 리　명선아, 명선아…….

달빛에 드러나는 최미자의 실루엣.

최미자, 잠든 소녀의 얼굴을 쓰다듬고 있다.

소 녀　누구세요?

최미자　엄마야.

소 녀　엄마? 아닌데?

최미자　엄마야. 어디 안아 보자, 내 새끼.

최미자가 껴안으려 하자 소녀, 소스라치며 밀어낸다.

소 녀　엄마! 아빠!

최미자　쉿, 소리 지르면 큰일 난다. 빨갱이 왔다꼬 난리 난다. 빨갱이 알제?

소 녀 빨갱이?

최미자 우리 아기, 잘 컸네, ……엄마가 미안하다.

소 녀 엄마? 선희 엄마는 1층에서 자고 있는데.

최미자 니 선희 아이다. 니 이름은 명선이다. 한명선. 밝을 명, 착할 선. 엄마가 지었다.

소 녀 내 이름은 선희다. 신선희. 우리 아빠 엄마가 지었다.

최미자 니 아기 때 엄마가 쪼매난 니를 안고 젖 멕이고, 아빠가 이래 노래했다 아이가.

(작게 노래를 속삭인다.)

하늘 계신 님은
온갖 기쁨 모다 세상 만들고요

하늘 계신 님은
온갖 슬픔 모다 나를 만들고요

뚝뚝 빗방울 내리신다고
이내 발가락 뚝

똑똑 첫새벽 두드리신다고
이내 손가락 똑

밤새 이내 눈물방울
뚝 뚝 뚝

하루 내내 빗방울
똑 똑 똑

소 녀 (베개를 껴안고 다급하게 엄지를 빨며) 내 이름은 선희다. 신선
희. 엄마가 지었다.

최미자 엄마가 미안하다. 어린 니를 두고 떠나서. 큰일 하려면 어
쩔 수 없었지만 정말 미안하다. 몇 번 너거들 보러 갔는데
자는 것만 보고 왔다. 산 위에서 오빠한테 들었다. 니가 산
아래 내려갔다꼬. 여는 위험하다. 니도 봤제? 골짜기에서
죽은 사람들. 가자. 얼른 엄마하고 산 위로 가자.

소 녀 아빠가 그랬다. 세상 슬픈 게 모여서 아빠 됐다꼬. 근데 엄
마를 만났다꼬. 사람들 다 아빠가 문디라꼬 쳐다도 안 보
는데 엄마는 아빠 보고 웃었다대. 엄마가 아빠 심지 돼서
아빠를 밝게 해 주겠다, 뭐 그랬다꼬. 근데 오빠 낳고 내
낳고 아빠는 아파서 죽든지 말든지 세상이고 나발이고 밝
히겠다꼬 또 날아갔다매. 니가 진짜 내 엄마면 내랑 있었
어야지.

최미자 미안하다. 엄마가 진짜 미안하다.

최미자, 소녀의 얼굴을 쓰다듬으려 손을 내민다.

소녀, 최미자의 손을 피한다.

최미자 명선아, 시간 없다. 퍼뜩 가자. 또 다 쏴 죽이고 파묻고 난리 날 거다. 엄마 다시는 못 올지도 모른다.

소 녀 선희 엄마는 1층에 있다고.

최미자, 소녀의 손을 잡고 끌고 가려고 한다.

소 녀 놔라. 놔. 엄마! 아빠!

최미자 (소녀의 입을 막으며) 쉿! 이럼 너도 죽고 나도 죽고 네 엄마도 죽는다. (소녀가 숨 막혀 하자 깜짝 놀라 손을 떼고) 미안하다. 명선아, 우리 아기, 불쌍한 우리 아기…… 만약에 엄마 보고 싶으면 여기로 온나. 벽방산 꼭대기 지나 세 번째 봉우리. 잘 기억해라. 알았나?

최미자가 놓아주자 소녀, 허겁지겁 구석에 숨는다.

최미자 명선아, 엄마가 미안하다. 우리 다시 만나자.

최미자, 창문으로 나간다.
소녀, 창문을 잠근다.

6장

늦가을 오후.

연대 본부.

박상일, 임세혁에게 보고를 하고 있다.

박상일　간밤에 수상한 움직임이 보고됐습니다. 적들이 언제 여기까지 치고 내려올지 모를 엄중한 시국입니다. 금강 방어선이 무너지고, 낙동강 방어선까지 압박해 들어오고 있습니다. 보도연맹 것들이 지금은 갇혀서 찍 소리 못하지만 위에서 치고 내려온다 싶으면 저희 뒤를 칠 게 뻔합니다. 조치를 취해야 합니다. 한시가 급합니다.

임세혁　보도연맹에 든 사람들이 무슨 사상이 있어서 그런 줄 알아? 배급 받으려고, 하도 겁 줘서 아무것도 모르고 가입한 거야. 여자, 노인까지 무슨 근거로 조치를 취한다는 거야.

박상일　중대장님, 더 이상 주저할 수 없습니다. 작전대로 따르시길 바랍니다.

임세혁　작전? 너 이 새끼, 상관의 무전을 도청해?

박상일　대대장님께 직접 명 받았습니다. 작전 보고가 제대로 안 되니 말입니다. 중대장님이 작전을 제대로 수행하는지 보고하라고 말입니다. 저는 중대장님의 올바른 판단을 믿고 기다렸습니다만 계속 이러시면 보고할 수밖에 없습니다.

임세혁   아직 보고하지 않았단 말인가?

박상일   ……

임세혁   왜?

박상일   지금이라도 늦지 않았습니다. 작전을 수행하시기 바랍니다.

임세혁   왜?

박상일   중대장님이 안 하시면 제가 해야 하기 때문입니다. 누가 하나 안 한다고 끝날 게 아니기 때문입니다. 작전을 수행하시기 바랍니다.

변학선. 소란을 피우며 사람들을 데리고 들어온다.

소녀를 앞세웠다.

신은호와 아기를 안은 김정옥, 뒤에 엉거주춤 서 있다.

변학선   (소녀를 앞으로 내세우며) 중대장님, 이게 다 야 때문입니다. 야가 사실은 빨갱이라꼬요. 어젯밤에 빨갱이 년 하나가 야를 찾더랍니다. 옛날에 이 동네서 선생질 하던 여자인데 그때부터 아주 빨갱기로 유명했지요. 그 여자가 야가 사는 전도사 집을 물었대서 전도사를 족쳐 봤다 아입니까. (전도사에게) 직접 말해 보소. 야 어디서 데려왔소?

신은호 전 아무것도 몰랐습니다. 몇 달 전에 골짜기에 우연히 갔다가 있기에 불쌍해서 데려왔을 뿐입니다. 고개 너머 이사 온 집 애라고 생각했습니다.

변학선 조사해 보이까 고개 너머 집엔 딸이 없었다 캅니다. 깊은 산만디에서 야 혼자 살았을 리는 없고. 틀림없습니다. 고 빨갱이 선생 씨라. 어린 걸 마을에 심어서 정보를 캔 거라요. 중대장님, 야 하나 때문에 저희까지 의심하면 안 됩니다. 우리는 깨끗합니다.

임세혁, 소녀에게 다가간다.
소녀의 비뚤어진 머리핀을 바로 꽂아 준다.

임세혁 선희라고 했지? 선희야, 무서워할 거 없어. 말해 봐. 밤에 누가 찾아왔니? 너 산에서 내려왔니? 산에서 살았어?

소 녀 전 안 빨개요.

임세혁 그래, 알아. 그렇게 아름다운 노래를 하는 사람이 빨갈 리 없지. 대답해 봐. 대답을 해야 내가 도와줄 수 있어. 너 산에서 살았니? 누구랑?

소 녀 ……

목소리 저입니다.

오라비, 군인들에게 끌려 들어온다.

군　인	충성! 이 새끼가 겁 없이 얼쩡대서 끌고 왔습니다.
오라비	야는 제 동생입니다. 저하고 산에서 숨어 살았어요.
임세혁	숨어 살았다고? 왜?
오라비	저희 아버지가 병이 있으셔서…….
변학선	아이구, 저쪽 산속에 문디가 산다고 하더만. 그 집이구만.
임세혁	선희야, 네 오빠 맞아?
소　녀	아닌데요.
임세혁	(오라비에게) 오빠가 아니라는데?
오라비	(소녀에게) 고마 정신 차리라. 이러다 다 죽는다.
소　녀	(신은호와 김정옥에게) 아빠, 엄마!

오라비, 중대장 앞에 무릎을 꿇는다.

오라비	들으신 대로 아버지 병 때문에 어쩔 수 없이 산속에서 살았습니다. 엄마는 동생 낳고 더 깊은 산속으로 떠났고요. 동생은 아무것도 모릅니다. 그냥 마 산 아래서 살고 싶어서……. 불쌍한 아이입니다. 빨갱이고 뭐고 아무것도 몰라요. 제발 놔 주이소. 데리고 다시 산에 올라가겠습니다. 죽은 듯이 살겠습니다. 제발!
소　녀	날 데꼬 산에 다시 올라간다꼬? 중대장님, 다 거짓말이에요.

임세혁, 부하에게 변학선과 오라비를 데리고 나가게 한다.

소 녀   (김정옥에게) 엄마, 저 머슴아 말 듣지 마세요. 다 거짓말이에요.

김정옥   (소녀를 쳐다보지 않는다.)

소 녀   엄마, 왜 그래요? 아빠, 엄마가 왜 이래요?

아기를 꼭 끌어안는 김정옥.

그런 김정옥의 어깨를 감싸는 신은호.

임세혁   선희야, 그럼 어젯밤에 널 찾아온 사람은 누구야?

소 녀   ……예전에 마당에서 내가 노래했을 때 중대장님이 그랬지요? 소원 하나 말해 보라꼬, 다 들어준다꼬, 약속했지요?

임세혁   그랬지.

소 녀   인자 소원이 생각났어요. 선희, 엄마 아빠랑 집에 돌아가게 해 주세요.

임세혁   그래, 집에 돌아가게 해 줄게. 약속할게. 그러니까 어젯밤 널 찾아온 사람이 누군지, 왜 왔는지 말해 줄래?

소 녀   …….

임세혁   (신은호에게) 전도사님, 좀 도와주시겠어요. 선희 대답에 따라 가족이 집이든 어디든 갈 수 있을 겁니다. 제 말 뜻 아시죠?

신은호, 소녀에게 다가간다.

신은호   선희야, 잘 들어. 전부 말씀드려야 집에 갈 수 있어.

소 녀   엄마 아빠랑 선희랑?

신은호   그래. 여길 떠나서 서울로 가자.

소 녀   서울?

신은호   그래. 대장님, 저희 서울로 갈 수 있지요?

임세혁   그건 선희한테 달렸습니다.

김정옥   선희야, 부탁할게! 제발 전부 다 말씀드려. 우리 여기를 떠나자. 서울로 가자. 서울에서 넌 노래하고 엄마는 피아노 치고.

소 녀   하얀 옷 입고?

김정옥   하얀 옷 입고.

소녀, 상상하며 미소 짓는다.

임세혁   이제 대답해 줄래? 어젯밤에 널 찾아온 사람 누구야? 왜 왔어?

소 녀   아까 그 머슴아 엄마가 왔어요. 날 데려가려고 왔어요.

임세혁   왜?

소 녀   그건 나도 몰라요.

임세혁   어디로 데려가려고 했는데?

소 녀   산 위로.

임세혁   산 위 어디?

소 녀   (김정옥에게) 엄마, 우리 정말 서울로 가는 거 맞죠?

김정옥 그래.

소 녀 벽방산 꼭대기 지나 세 번째 봉우리. 됐죠? 엄마, 아빠, 이
제 가요!

소녀, 활짝 웃으며 김정옥과 신은호에게 손을 내민다.

김정옥과 신은호, 얼어붙는다.

임세혁, 무전을 친다.

7장

벽방산 꼭대기 지나 세 번째 봉우리.
교전하는 총소리.
최미자, 노래한다.

최미자 하늘 계신 님은
온갖 기쁨 모다 세상 만들고요

하늘 계신 님은
온갖 슬픔 모다 나를 만들고요

뚝뚝 빗방울 내리신다고
이내 발가락 뚝

똑똑 첫새벽 두드리신다고
이내 손가락 똑

밤새 이내 눈물방울
뚝 뚝 뚝

하루 내내 빗방울

똑 똑 똑

명섭아!

명선아!

최미자, 수류탄을 꺼내 스스로 터뜨린다.

8장

목소리   명선아, 명선아…….

깊은 밤.
교회 사택 2층 소녀의 방.
얼굴이 보이지 않는 손이 소녀의 얼굴을 더듬는다.

소 녀   (잠에서 깨어) 엄마…….

소녀, 손거울을 찾아 얼굴을 비춰 본다.
얼굴을 만져 보다가 화들짝 놀라 거울을 떨어뜨린다.
손에 피가 묻어 있고 얼굴에도 피가 묻었다.
문득 잠옷 바지를 보니 선혈에 젖어 있다.

소 녀   엄마! 선희 피 나요. 아파. 엄마!

소녀, 엄마를 찾아 계단 아래로 내려간다.
아기 울음소리가 들린다.
소녀, 요람에서 아기를 안아 어른다.

소 녀　쉬이, 와 우노? 배고프나? 이 밤에 엄마하고 아빠는 어디
　　　　갔노?

　　　　멀리서 요란한 총소리.
　　　　소녀, 아기를 안고 다시 계단 위로 올라간다.
　　　　총소리가 계속 울린다.
　　　　김정옥과 신은호, 다급하게 들어와 짐 가방을 챙긴다.

김정옥　중요한 것만 챙겨요. 빨리 가요. 벌써 다 끌려갔대요.

신은호　선희는 어쩌지?

김정옥　선희? 당신, 그 애 감당할 수 있어요? 처음부터 들이지 말았
　　　　어야 했어요. 얼른 떠나야 해요. 아기 데려올게요.

　　　　김정옥, 계단에서 내려다보고 있던 소녀와 눈이 마주친다.

소 녀　엄마, 아빠, 어디 가요?

김정옥　(소녀의 얼굴과 손에 묻은 피를 보고) 너 뭐 한 거야. 아기, 이
　　　　리 줘.

소 녀　엄마, 피 나요. 여기서. (아랫도리를 가리킨다.)

김정옥　초경 하나 보지.

소 녀　초경?

김정옥　너도 아기를 낳을 수 있다는 거야.

소 녀　선희가 알라를 낳을 수 있다고요?

김정옥   아기 재워야 하니까 빨리 이리 줘.

소 녀   선희가 재웠는데요.

김정옥   빨리 달라고!

소 녀   엄마, 왜 소리를 질러요. 알라 깨게. 선희가 좀 안고 있으면 안 돼요? 내 손에 뭐 묻었어요?

김정옥   당장 아기 줘.

소 녀   우리 엄마가 내를 괴물 보듯 하네. 역시 엄마는 얼굴 같은 건 없는 게 나았어.

신은호, 계단을 올라간다.

신은호   선희야, 착하지. 아기 이리 줘.

소 녀   아빠까지 왜 그래요. 선희가 안으면 뭐 큰일 나요. 뭘 걱정하는데요. 뭐가 그래 무서워요. 알라 재워 놓고 선희도 짐 쌀라꼬 했어요. 근데 아빠, 선희도 같이 데려가기로 했잖아요. 약속했잖아요.

신은호   선희야, 우리 먼저 가서 자리 잡고 데리러 올게.

소 녀   우리? 아빠랑 엄마랑 알라? 이 알라만 없었으면 선희가 알라였을 텐데.

김정옥   (근방에서 울리는 총소리) 지금 가야 해. **빨리 우리 아기 돌려줘!**

소녀, 창밖의 달을 보며 아기를 품에 안고 어른다.

소 녀 달이 밝네. (노래를 부른다.)

밤은 길을 여네 달빛에
지친 나그네여 어서 오라
이 길 끝 내게
두 팔 벌려 안아 주리니

달빛
너는 기쁨인가
슬픔인가
묻노라

밤은 눈을 감네 달빛에
지친 나그네여 어서 가라
이 길 끝 네게
어둠이 너를 쉬게 하리

달빛
너는 기쁨인가
슬픔인가
하노라

밤하늘 먹구름에 가려지는 달.

달이 어둠에 잠기려고 한다.

소　녀　(달을 보며) 까만 게 하얀 걸 삼켜 버렸어.
　　　　　달님도 눈을 감아 버렸어…….

　　　　　소녀, 두 손에서 아기를 떨어뜨리려는 순간
　　　　　무대 어두워진다.

　　　　　어둠 속에 울리는 총소리.
　　　　　사람들이 울부짖는 소리.

사람들　(소리) 엄마!

9장

초겨울 밤.

골짜기.

소녀, 주검들 사이에서 무언가를 찾는다.

죽은 여자의 품에서 숨이 멎은 아이를 빼내어 안는다.

소 녀 마이 기다렸제? 엄마 왔으니까 인자 괜찮다. 배고프나. 오
야, 엄마가 얼렁 젖 주께. (젖을 물리며) 꿀떡꿀떡 잘 먹네.

소 리 선희야! 니 선희 맞제?

수풀 너머에서 변영훈, 나타난다.

변영훈 진짜 니 맞나? 내가 얼마나 니 찾았는 줄 아나. 안 다쳤나?
괜찮나?

소 녀 (고개를 끄덕인다.)

변영훈 (소녀를 안으며) 살아 있을 끼라꼬 믿었다. 이러고 있을 시
간 없다. 니 빨리 도망쳐야 된다. 아부지하고 마을 사람
들하고 니 찾고 난리 났다. 빨갱이고 난리고 니가 다 불
러들였다꼬. 니가 화근이라꼬.

소 녀   (아기를 보여 주며) 있잖아, 나는 엄마가 있었으면 캤다. 엄마
는 내를 안아 주는 줄 알았지. 근데 아이대. 인자 알았다.
난 엄마가 아이라 알라가 필요했던 거다. 내가 엄마가 돼
야 했던 거다. 알라는 엄마를, 내를 맨날 안아 주잖아.

이른 첫눈이 날린다.
둘은 하늘을 올려다본다.

변영훈   성탄절 같다. 안 그렇나, 마리아.

소 녀   (아기를 보여 주며) 봐라. 그분이다. 가장 낮은 데서 나셨다.
내 젖도 인자 커져서 알라들 다 배부르게 먹일 거다. 요셉,
가자. 헤롯 왕이 싹 다 죽이기 전에.

변영훈   그래. 일단 니 먼저 가라. 사람들 좀 따돌리고 나도 따라갈
게. 좀 늦어도 절대로 걱정 마라. 내는 꼭 간다. 우리 약속
했다 아이가. 교회 종이 울리면

소 녀   교회 종이 울리면

변영훈   내가 오는 줄 알고 꼼짝 말고 기다리라.

소 녀   니가 오는 줄 알고 꼼짝 말고 기다릴게.

소녀, 영훈의 도움을 받아 아기를 등에 업는다.
소녀, 영훈을 껴안는다.
둘은 그 자리에 얼어붙은 듯하다.

그러다 영훈, 소녀의 반대 방향으로 뛰어나간다.

곧이어 사람들이 몰려오는 소리,

개 짖는 소리 어지럽다.

10장

겨울 저녁. 겨울 산.

프롤로그의 늙은 나무.

나무에 묶인 소녀, 아기를 품에 꼭 안고 있다.

소녀, 점점 의식을 잃어간다.

소 녀 (나무에게) 엄마, 인자 엄마하고 내하고 한 몸이 됐네.

엄마 배 속에 있을 때부터 내는 맨날 보고 싶었다.

엄마는 어떤 얼굴일까.

웃고 있을까 울고 있을까.

나를 품어서 기쁜 걸까 슬픈 걸까.

근데 엄마는 얼굴이 없었다.

알 수가 없었다.

나는 기쁨일까 슬픔일까.

오라비, 나무를 향해 걸어온다.

오라비, 심한 부상에 걷는 것도 힘들어 보인다.

나무에 묶인 소녀를 풀려고 하지만 쉽지 않다.

소 녀　……오빠야, 마 됐다.

알라는 원래 엄마한테 한 몸맨치로 있는 거다. 모르나.

있잖아, 나도 엄마처럼 다리 사이로 뿌리가 나면 좋겠다.

썩고 썩어서 뿌리 내리고 싹이 났으면 좋겠다.

싹이 나고 줄기도 나고 잎도 나고 꽃이 피면 좋겠다.

봄에

새빨간 꽃 있잖아.

거짓말처럼 새빨간 꽃이 피면 좋겠다.

그때까지 오빠야,

내 마 그냥 냅두라.

멀리 교회 종이 울린다.

소녀, 영훈과 한 약속이 떠올라 희미하게 웃는다.

이어지는 종소리.

소녀를 안은 늙은 나무,

핏빛 노을에 두 팔을 벌려

기도하듯이 말없이 서 있다.

무대, 어둠에 잠긴다.

한국 희곡 명작선 146

달과 골짜기

초판 1쇄 인쇄일   2023년 11월 20일
초판 1쇄 발행일   2023년 11월 29일

지 은 이   박지선
만 든 이   이정옥
만 든 곳   평민사
          서울시 은평구 수색로 340 〈202호〉
          전화 : 02) 375-8571 / 팩스 : 02) 375-8573
          http://blog.naver.com/pyung1976
          이메일   pyung1976@naver.com
등록번호   25100-2015-000102호
ISBN   978-89-7115-111-2   04800
          978-89-7115-663-6   (set)
정   가   7,500원

이 책은 사단법인 한국극작가협회가 한국문화예술위원회의 2023년 제6회 극작엑스포
지원금을 받아 출간하였습니다.

한국 희곡 명작선